이유가 많으니
그냥이라고 할 수밖에

이유가 많으니 그냥이라고 할 수밖에

묘생 9회차 고양이의 인간 상담소

을냥이 글·그림

STUDIO:ODR

차례

두 번째 삶

내 사랑만 이렇게 힘들까

세 번째 삶

이별은 당연히 슬펐다

네 번째 삶

다시 한번 용기를 낸다는 것

다섯 번째 삶

오늘부터 나는 나를 믿는다

여섯 번째 삶

좋은 사람에게만 좋은 사람

일곱 번째 삶

때로는 상처가 힘이 된다

여덟 번째 삶

행복하고 싶은 만큼 행복할래

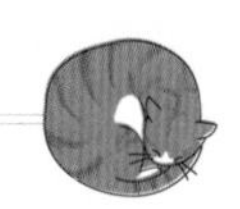

프롤로그

고양이는 목숨이 아홉 개다.

나는 여러 번 다시 태어났다.
사업가의 고양이로,
작가의 고양이로,
소녀의 고양이로…….
괴롭게 살기도 했고,
다시없을 행복을 누리기도 했다.

지난 여덟 번의 삶에서 경험하고 관찰한
인간들은 어딘가 이상했다.
늘 바쁘면서 어디로 가는지 몰랐고,
상처를 받으면 상처받은 자신을 미워했다.

무엇보다 이상한 건,
늘 '그냥'이라고 말한다는 사실이다.

그냥 좋아,

그냥 싫어,

그냥 좀 쉬고 싶어.

인간들은 그렇게 이유가 너무 많을 때
'그냥'이라고 말한다.

쑥스러워 전하지 못하는 설렘도
말하지 않아도 알아줬으면 하는 서러운 마음도
스스로도 들여다보지 못하는 어둠도
그 한마디에 다 담긴다.

이번 생은 그렇게 다른 인간에게는
차마 전하지 못하는 마음들을
들어주기로 했다.

한적한 공원 어딘가
우연히 말하는 고양이를 만난다면,

그게 나,
묘생 9회차 고양이 상담사다.

처음 삶은 씁쓸했다.
나는 삶이 무엇인지 알 수 없었다.
내가 무엇인지, 왜 태어났는지도.
아무도 알려주지 않았다.
그저 흘러가는 대로 살 뿐이었다.

첫번째 삶

누구나 이번 생은 처음이니까

롤러코스터

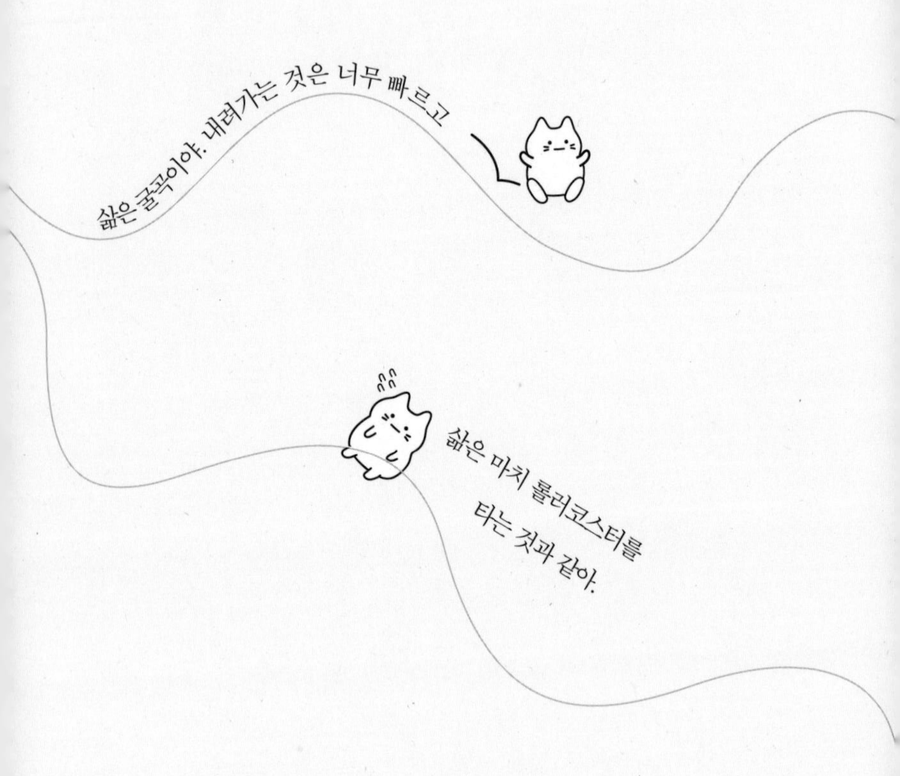

올라가는 것은 너무 힘들지.

그런데 그건 다른 사람도 마찬가지야.

누구나 굴곡을 겪고 있지.

그러니 높은 곳에 있는 사람과 스스로를 비교해 좌절하지 말 것.

높은 곳에 있다고 자만하지도 말 것.

내가 가진 것

"난 모든 걸 잃어버렸어. 돈도, 사람도, 사랑도 다 잃어버렸어."

"모든 걸 잃다니? 네 삶을 가지고 있잖아. 그것이 네 모든 것이야."

내가 나를 놓치지 않는 한,

다시 나아갈 수 있고, 다시 이룰 수 있어.

그러니 절대 전부 잃은 게 아니야.

스스로 선택하기

"난 잘 살아왔어. 사람들이 말하는 해야 할 것들을 다 하면서.
누가 보더라도 모난 곳 하나 없이 반듯하게 살아왔어.
그런데도 난 왜 이렇게 불행할까."

"우리는 알게 모르게
타인이 나의 인생을 선택하고 판단하게 내버려두고 있어.
'책임'이라는 말에 속아, 타인을 삶의 중심에 놓게 되지.
남들이 원하는 대로 사느라 정작 자신의 삶에 충실하지 못해."

대다수가 맞다고 말할 때,
너는 너만의 정답을 알면서도
무턱대고 고개를 끄덕였을지도 몰라.
진짜 답이 무엇인지는 네 마음속에서 찾아야 해.

시작은 위험해

"생각만 하고 실행하지 못하는 일이 있어.

다들 하지 말라고 말리거든.

지금까지 잘해오던 걸 관두고 왜 위험에 뛰어드느냐고들 해."

"위험하지 않은 시작은 없어.
하지만 아무것도 해보지 않는 게 더 위험해.
하고 나서의 후회보다 하지 못한 후회가 더 크거든.
후회는 결과를 모를 때 더 커지는 법이니까."

먼저 씨앗을
심어야만
꽃이 피는 거야.

인생은 열 개를 다 먹어보는 것

인생은 무엇이 들어 있는지 모르는 빵을 먹는 것과 같아.
여기 열 개의 빵이 있어. 어떤 게 무슨 맛인지 몰라.
처음 먹은 게 쓴맛이 나더라도 나머지 아홉 개는 달콤할 수도 있고,
아홉 개가 달콤하다가도 마지막 하나가 지독히 쓸 수도 있지.
그러니 쓴맛이 나더라도 계속 살아보는 거야.
어딘가에 숨어 있을 달콤한 빵을 위해.

모든 순간은 지나간다

좋았던 순간들이 지금의 나쁜 순간에 위로가 되지 못하듯이,

나쁜 순간도 결국은 지나간다.

영원할 것 같은 고통도 결국은 다 지나가.

그러니까 조금만 더 버텨주길.

곧 내가 다 지나왔구나 하고

뒤돌아보는 날이 올 거야.

아무것도 안 해도 돼

"너무 지치고 아무것도 안 하고 싶어.
이 무기력함을 어떻게 극복해야 할까?"

"아무것도 하기 싫다고? 그럼 쉬어야지.
아무것도 안 해도 돼.
삶에는 마음껏 게으름을 피울 수 있는 시간도 필요해.
대신 기간을 정하는 거야, 무기력함이 일상이 되지 않도록."

고양이는 하루 20시간을 아무것도 하지 않고 보낸다지만,
사실 사냥을 위해 에너지를 축적하는 의미 있는 시간이야.

작은 것부터

뭘 하고 싶은지도 모르겠고 막막하기만 할 때는
작은 것부터 해보는 거야.

아침 일찍 일어나기,
저녁은 꼭 밥을 해서 먹기,
일주일에 두 번 청소하기,
책 한 권 다 읽기…….

그렇게 사소한 것부터 차곡차곡 쌓아가면서
성취와 만족의 감각을 깨우는 거지.

꿈이 한순간에 이루어지진 않잖아.
꿈을 찾는 데에도 당연히 시간이 필요해.

괜찮아

실패해도 괜찮아.

실수해도 괜찮아.

서툴렀어도 괜찮아.

못나게 굴었어도 괜찮아.

어른스럽지 못했어도 괜찮아.

다른 사람이 말해주지 않아도

스스로에게 해줬으면 하는 이야기.

다 태우지 마

"난 지금 힘든데 억지로 웃으며 살아가고 있어.
늘 괜찮은 척, 안 힘든 척 하면서."

"힘들면 힘들다, 슬프면 슬프다고 표현해.
울고 싶으면 울어.
네가 힘들어한다고 비난할 사람은 없어.
가끔은 누군가에게 의지하는 것도 좋아.
나도 너를 위로해주고 싶은걸."

초를 계속 밝혀놓으면 금방 다 타버릴 뿐이야.
무리하게 스스로의 마음을 태워가며 살지 않아도 돼.

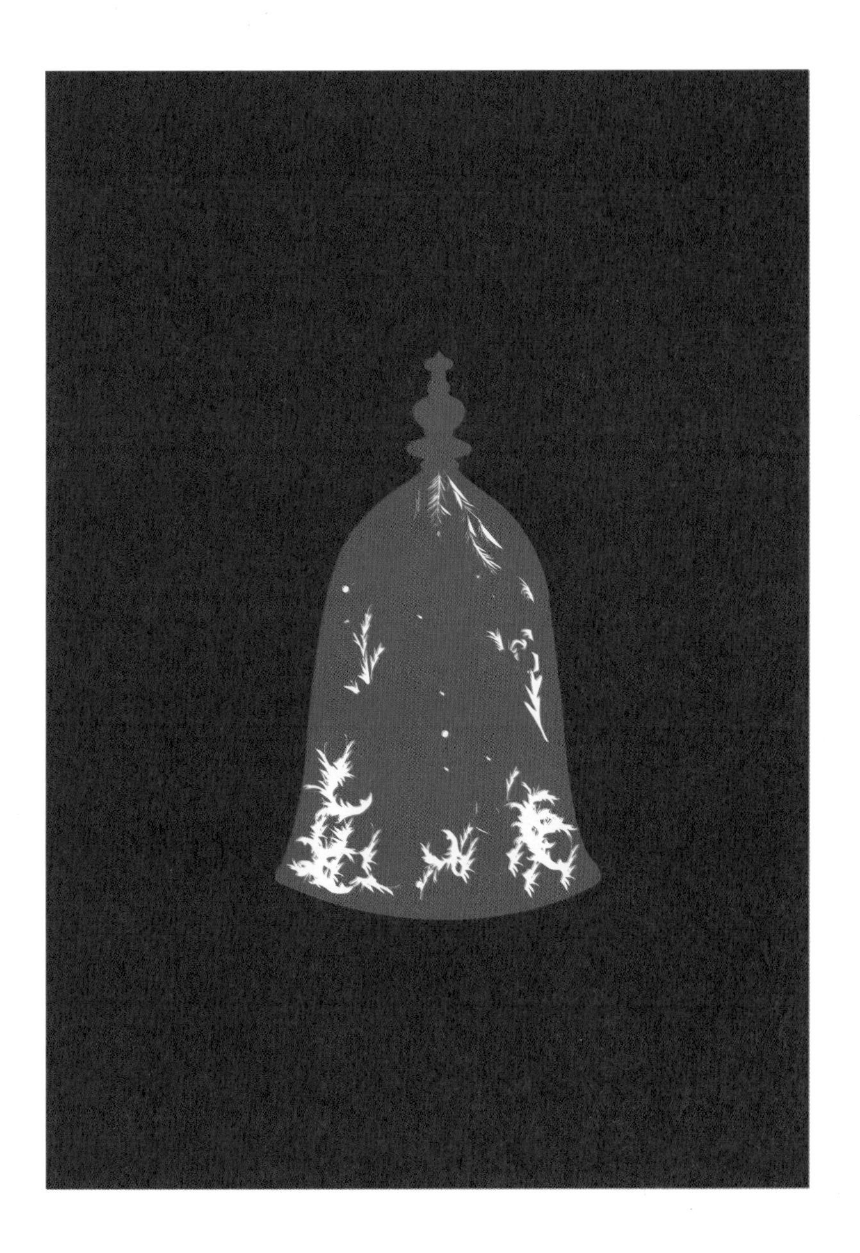

좋은 시절

"아무것도 모르던 학생 때로 돌아가고 싶어.
그때가 좋았지."

"학생 때라고 안 힘들었던 건 아니잖아.
성적 때문에 괴롭고, 친구들 때문에 속상하고."

"그러게. 근데 지금에 비하면 아무것도 아닌 일들이었어."

"시간이 지나면 지금도 그렇게 기억될 거야.

과거는 지나왔기에 대수롭지 않게 느껴지지.

그런데 말이야,

뒤돌아봤을 때 지난 나날이 좋았던 것으로 기억된다면

사실 인생은 언제나 '좋은 시절'인 게 아닐까?"

두 번째 삶에서는 사랑을 알았다.
처음에만 예뻐하고
점점 무관심해지던 사람들을 사랑했다.
예쁘고 하얀 고양이를 사랑했다.
이상하게도 누군가에게 마음을 줄수록
내 마음에는 상처가 늘어갔다.

두번째 삶

내 사랑만 이렇게 힘들까

갑과 을

"그 사람은 아무리 속상하게 해도
내가 아무 말도 못 할 거라는 걸 알아.
시작이 그랬듯, 끝도 자기 손에 달린 걸 알아.
이 연애에서 나는 을의 존재일 뿐이야."

"누가 더 많이 주고 누가 더 많이 받는지
의식하게 되는 순간,
사랑은 고통스러워지지.
연애에서 갑을 관계를 깰 수 있는 건
깨달음뿐이야.
을이 자신의 가치를 알고
갑이 상대의 가치를 깨닫는 것."

개와 고양이의 연애

"우린 잘 지내고 있었어.
매주 만나 데이트를 하고, 기념일도 꼬박꼬박 챙기고.
가끔 여자 친구가 지나치게 예민하다는 생각도 했지만
사랑하니까 내가 다 참았지.
그런데 오늘 갑자기 내 무신경함을 더 이상 못 참겠다며
화를 내는 거야.
그동안 참아왔던 건 오히려 나였는데, 나는 아무 말도 하지 않았는데.
내가 뭘 어떻게 해야 했던 걸까."

"개는 기분이 좋으면 꼬리를 흔들지만
고양이는 기분이 나쁘면 꼬리를 흔들어.
어쩌면 너와 네 연인은
개와 고양이의 연애를 하고 있지 않았을까.
사랑한다는 마음만으로는
서로를 완전히 이해할 수 없어.
상대를 아낄수록, 더 많은 시간을 함께하고 싶을수록
하기 어려운 말들을 해야 해.
무엇을 싫어하고, 어떤 걸 힘겨워하는지,
그런 것들에 귀를 기울여야 할 때야."

내 잘못

"그 사람이 내게 심한 말을 하고
모진 말을 할 때면 나도 너무 화가 나.
하지만 돌아서면 다 내 잘못 같아.
내가 이해를 해줘야 했던 것 같고,
내가 불만을 조금만 참았으면 싸울 일이 없었지 싶어."

"언제나 상대방의 입장을 헤아려봐야겠지.
하지만 자꾸 자기 탓을 하는 이유가
널 사랑하지 않는다고 생각하기보다
그게 더 마음이 편해서는 아닐까.
그 미묘한 차이를 알아야 해.
네 자존감을 다쳐가면서까지 상대방을 이해해줄 필요는 없어.
그 사람에게 상처받은 마음에
너까지 상처를 주는 것과 마찬가지야."

관계가 버거울 때

"그 사람은 참 좋은 사람이야.
하지만 내가 상황이 안 좋다 보니
지금 연애할 때가 맞나 싶어.
혼자 있고 싶고, 날 아껴주는 그 마음이 버거워."

"삶이 등산과 같다면
연애란 누군가의 손을 잡고 산에 오르는 것일 테지.

넌 앞서가며 더 잘 이끌어주고 싶고,
상대가 조금만 힘들어하는 모습을 보아도
네가 부족한 탓인 것 같아서 괴로울 거야.

사람들은 그럴 때 바보 같은 선택을 해.
혼자 오르길 택하고 잡은 손을 놓고야 말지.

하지만 누구나 자기 몫의 짐을 지고 살아.

그걸 나눠 짊어지지 않는다고 너를 원망하지 않아.

괜한 부담감으로 소중한 사람을 잃지는 마."

너를 사랑하는 그 사람이 바라는 건,

지금처럼 네가 지쳤을 때

이제 자신이 앞서가며

네 손을 잡고 끌어올려주는 것이야.

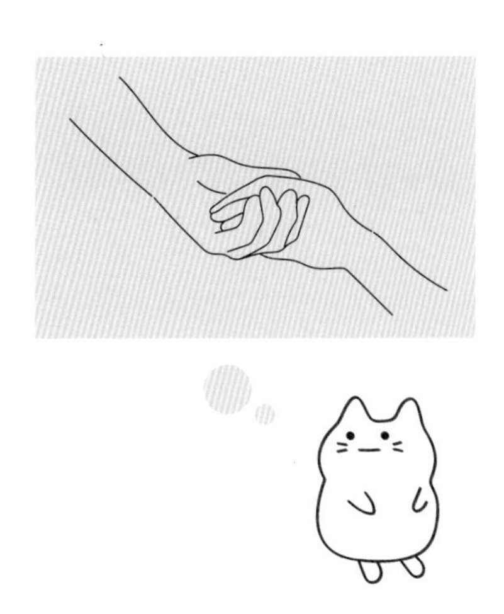

거절당한 고백

"그 사람이 내 고백을 매번 거절해.
거절당할 때마다 마음이 아프고 눈물이 나지만
받아줄 때까지 계속 고백할 거야.
열 번 찍어 안 넘어가는 나무 없다잖아.
내 노력을 언젠가는 알아주지 않을까?"

"나무가 열 번 찍히길 원했을까?
상대가 네 마음을 꼭 받아주어야 할 이유는 없어.
계속 고백을 하는 게 노력이 아니라,
그 사람의 마음을 헤아려보는 게 노력이야."

연애는 도전이나 정복과는 달라.

거절을 받아들일 수 있는 마음도 가지고 있어야 해.

서운하다는 것

"그녀와 내가 잘 맞지 않나 싶어.
아무것도 아닌 일로 서운해하고 속상해할 때마다
어떻게 해야 할지 모르겠어."

"하지만 아무것도 아닌 일로 기뻐하고 행복해하기도 하지?"

"맞아. 사소한 선물에도 어린아이처럼 좋아해."

"그렇다면 너를 무척 중요하게 생각하기 때문이야.
그래서 약간의 무심함도, 작은 정성도,
다 크게 느끼는 거야."

사랑은 기적

"내가 좋아하는 사람은 나를 좋아하지 않고,
내가 좋아하지 않는 사람이 나를 좋아하더라."

"그래서 사랑은 기적이라고 하나 봐.
수많은 사람 중에서
사랑해주고 사랑받고 싶은 사람으로
서로가 서로를 택한다는 건
정말 기적 같은 일이지.
그러니 그런 상대를 만난다면,
정말 소중히 여기고 감사해야 해."

금방 익숙해지곤 하지만,

기적은 쉽게 일어나지 않거든.

끝이 날까 봐

"이별이 무서워서 사랑을 시작할 수조차 없게 되었어.
행복한 연애의 결말은 결혼인 줄만 알았는데
결혼이 영원한 행복을 약속해주는 것도 아니잖아.
결국 이별은 찾아오게 되어 있다면,
아예 시작하지 않는 게 차라리 마음 편하겠지 싶어."

"맞아.

어차피 우리는 모든 것과 이별하게 되어 있어.

사랑하는 사람과도, 좋은 친구와도,

결국 세상과도 이별하지.

하지만 난 그렇기에 더 끝까지 행복하려고 노력하고 싶어.

난 네가 아직 인연을 만나지 못했을 뿐이라고 생각해.

언제고 이별을 하게 되더라도

'그 사람을 알고, 만나고, 사랑할 수 있어서 참 다행이었다'라고

생각하게 될 사람,

그런 좋은 사람을 만나게 될 거야."

우린 정말 익숙해진 걸까

"예전과 달리 무심한 그의 모습에 화가 나.
하지만 그 사람은 내가 편해진 것뿐이라고 말하지.
내가 연애 경험이 많지 않아서 조바심을 내는 거지,
자신은 변하지 않았다고 해. 그 사람 말이 맞는 거야?"

"글쎄, 어쩌면 그 사람 말대로 편해졌을 뿐일지도 몰라.
서운한 감정을 쉽게 표현한다는 건
그 관계가 그런 말에 흔들리지 않는다는 걸
믿는다는 뜻이기도 할 테니까.
비로소 연애 스타일을 맞춰나가게 된 건지도 모르지.

하지만 그 사람의 태도가 너를 밤새 뒤척이게 만들고
꺼낸 말보다 더 많은 말을 혼자 생각하게 만든다면,
그건 널 편하게 생각하는 게 아니라
네 마음을 모르는 척하는 거야."

익숙해진다는 건 서로에 대해 많이 알게 되는 것이지,
알고 싶은 게 없어지는 건 아니야.

사랑을 확인하는 방법

"요즘 그 사람은 연락도 뜸하고
만나자는 약속을 피하는 것 같아.
화도 내보고 헤어지자고 으름장도 놔봤지만
나아지는 것도 잠시일 뿐 결국 그대로야.
정말 나를 사랑하긴 하는 걸까?"

"화를 낸다고, 협박을 한다고
사랑을 확인할 수 있진 않아."

"그럼 어떻게 확인해?"

"질문의 답은 그 누구보다 네가 가장 잘 알고 있잖아."

"나도 잘 모르겠어서 묻는 거야."

"그게 답이야.

그 사람이 너를 사랑하는지 타인에게 묻는다는 것부터

사실은 네가 답을 알고 있는 거야."

정말 중요한 것

"언젠가부터 그 사람의 시선과 말과 표정이

내 생각보다 중요해졌어.

그 사람의 말 한마디에 천국과 지옥을 오가.

이런 마음 졸이는 연애를 그만하고 싶어.

나도 눈치 볼 필요 없이 충분히 사랑받고 싶어."

"네가 너를 사랑하지 않으면
상대가 아무리 너를 많이 사랑해줘도
만족감을 느낄 수 없어.
상대의 사랑 없이도
너로서 온전할 수 있을 때,
비로소 '이제 충분해'라고 말할 수 있게 될 거야."

사랑을 알았기에 이별도 알았다.
슬픔과 후회와 원망이
영원할 것처럼 나를 괴롭혔다.
하지만 결국엔 사그라졌고,
이번 생에서야 나는
사랑이 그렇듯 이별에도
시작과 끝이 있다는 것을 알았다.

세번째 삶

이별은 당연히 슬펐다

세 번째 삶

이별은 당연히 슬펐다

고마웠어

"내가 잘못한 것도 없는데, 헤어지자더라.
더 이상 나를 전처럼 사랑하지 않는대.
어쩜 그럴 수 있을까. 나는 아직 그대로인데……."

"마음이 떠나는 게 잘못은 아니야.
오히려 누군가를 변함없이 사랑해주는 것이 대단한 일이지.
지금은 원망스럽고 힘이 들겠지만,
지금껏 사랑해줘서 고맙다고 말해줄 수 있으면 좋겠어."

세 번째 삶

이별은 당연히 슬펐다

사랑과 집착의 차이

"아무리 매달리고 울어도 그 사람은 돌아오지 않아.
이제 내 전화를 받지도 않고 문자에 답도 안 해.
돌아오기만 한다면 뭐든 다 할 수 있을 것 같은데…….
이제는 이 마음이 집착인지 사랑인지 잘 모르겠어."

"사랑은 상대를 생각하고 아끼는 거잖아.
나 때문에 상대방이 불행해진다면 사랑이라고 할 수 없겠지.
끝을 잘 마무리하는 것도 사랑의 과정 중 하나가 아닐까."

약속

"미래를 약속한 사람이 헤어지재.
어떤 시련이 와도 함께하자더니 말뿐이었던 거지.
오히려 그 사람이 내게 시련을 준 거야.
다 거짓말이었어."

"더 이상 사랑만으로는 받아들일 수 없었던 게 있지 않았을까?"

"그러니까, 딱 그만큼만 날 사랑했다는 거잖아."

"사람은 누구나 자기를 중심에 두고 살아가.

스스로가 너무 힘들면 사랑도 약속도 포기하게 돼.

분명 그 사람은 계속 힘들다는 신호를 보냈을 거야."

어쩌면 그 신호를 알아채지 못한 게

약속을 깬 가장 큰 이유가 아니었을까.

냉정과 열정 사이

너는 나와 달라서 좋았다.

하지만 달라서 부딪쳤고 자주 싸웠다.

이제야 인정할 수 있게 되었다.

우린 서로에게 맞지 않는 사람이었다.

우리의 선택은 틀렸다.

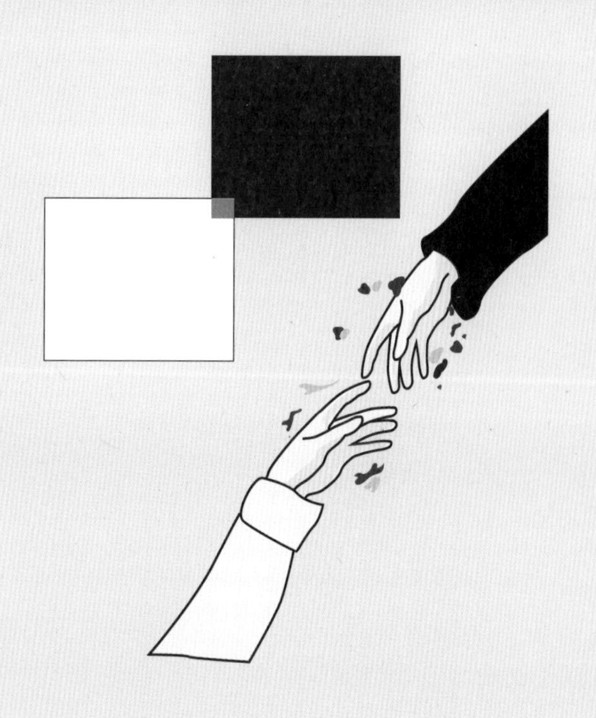

우린 너무 달랐다.

하지만 맞춰가려고 노력했다.

네가 이 관계를 포기한 순간,

우린 서로에게 맞지 않는 사람이 되었다.

우리의 선택은 틀렸다.

포기해서 틀렸다.

이미 끝났어

사랑에 눈이 멀면 빤히 보이는 진실도
애써 외면하게 된다.
더 이상 나를 사랑하지 않는다는 걸 알면서도
차마 먼저 상대방의 손을 놓지 못한다.

이미 끝난 관계를 붙잡고 있는 것은
깨진 거울을 붙이려고 하는 것과 같다.
날카로운 파편에 손만 다칠 뿐이고
조각을 억지로 맞춰놓는다고 해도
그 거울에는 조각난 흔적만 비친다.

내가 부족해서

"그 애는 내가 할 수 있는 모든 것을 다 해주어도
늘 표정이 안 좋았어.
근데 나는 그게 최선이었어. 뭘 더 어떻게 해야 했을까."

"다른 사람의 마음을 당연하게 받아들이고
고마움을 느끼지 못하는 사람 때문에
불행해지지 마.
불행한 건 그 사람이야,
행복함을 느끼기 힘들 테니까."

주어진 것에 감사할 줄 모르는 사람은

밑 빠진 독에 물을 붓고 있는 거야.

그걸 타인이 채워줄 이유는 없어.

나쁜 놈

"난 늘 나쁜 놈이란 소리를 들어.

처음엔 상대방의 모든 걸 알고 싶고, 항상 같이 있고 싶어.

그래서 선물도 자주 하고 편지도 자주 쓰고 전부 맞춰주려고 해.

하지만 언제나 그럴 수는 없는 거잖아.

나도 내 생활이 있는데.

그러면 그때부터 항상 똑같아.

변했다, 마음이 식었다, 이런 말을 수도 없이 들었어.

매번 내가 나쁜 놈이고 죽일 놈이 되더라.

하지만 내 마음은 똑같았어.

최선을 다한 만큼 좀 느긋해져도 되는 거 아닌가."

"처음에 무리하게 꾸며낸 네 모습을 보고
상대방은 네가 원래 그렇게 다정한 사람인 줄 알았을 거야.
항상 연인이 최우선일 수 없다는 건 그 사람도 알아.
하지만 그 사람이 널 판단할 수 있는 기준은
연애 초반 때 모습뿐이잖아.
지금의 연애 패턴을 벗어나고 싶다면,
처음부터 너무 온 힘을 다하지 마."

연애는 서로를 알아가고 이해해가는 과정이야.
만날 때마다 모든 것을 불태우는 것이 아니라.

시절인연

"이제 정말 그 사람과의 인연은 끝인 걸까.
마지막 사랑이라고 생각했는데."

"'시절인연'이라는 말이 있어.
모든 인연에는 때가 있다는 뜻이지.
노력하고 애쓰지 않아도 만날 사람은 만나게 되어 있고
아무리 애를 써도 이어지지 않을 사람은 이어지지 않는다는 거야.
바로 앞에 두고도 지금은 못 알아보기도 하고,
영원할 듯하다가도 잠시 머무를 뿐인 게 인연이야.
하지만, 인연이 끝난 후엔 또 다른 인연이 온다는 걸 잊지 마.
그것이 네 세상을 바꿀 운명일지 모른다는 것도."

아무렇지 않을 수 있을까

"아프지 않게 헤어지는 방법은 없을까?
견딜 수 없이 힘들고 슬퍼.
이별은 왜 이렇게 힘든 걸까?"

"헤어져도 아무렇지 않다는 건
한 시절을 그냥 낭비했다는 말과 다르지 않아.
소중했던 만큼 아픈 법이야.
꽃이 시들어도 활짝 핀 모습을 기억하듯,
언젠가 그 사람과 함께했던 시간을
따뜻하게 추억할 수 있을 거야."

이별의 시작

"헤어져도 상관없었어. 나는 괜찮았어.

그런데, 이별하던 그날도 슬프지 않았던 내가,

시간이 지날수록 마음이 아파오고 허전해."

"이별은 헤어지자고 말한 순간에 찾아오는 게 아니야.

당연히 했던 늦은 밤 통화를 건너뛰고,

당연히 만났던 주말을 홀로 보내고,

당연히 나눴던 이야기들을 삼키고,

그렇게 빈자리를 비로소 느끼고서야

그때 진짜 헤어지는 거야."

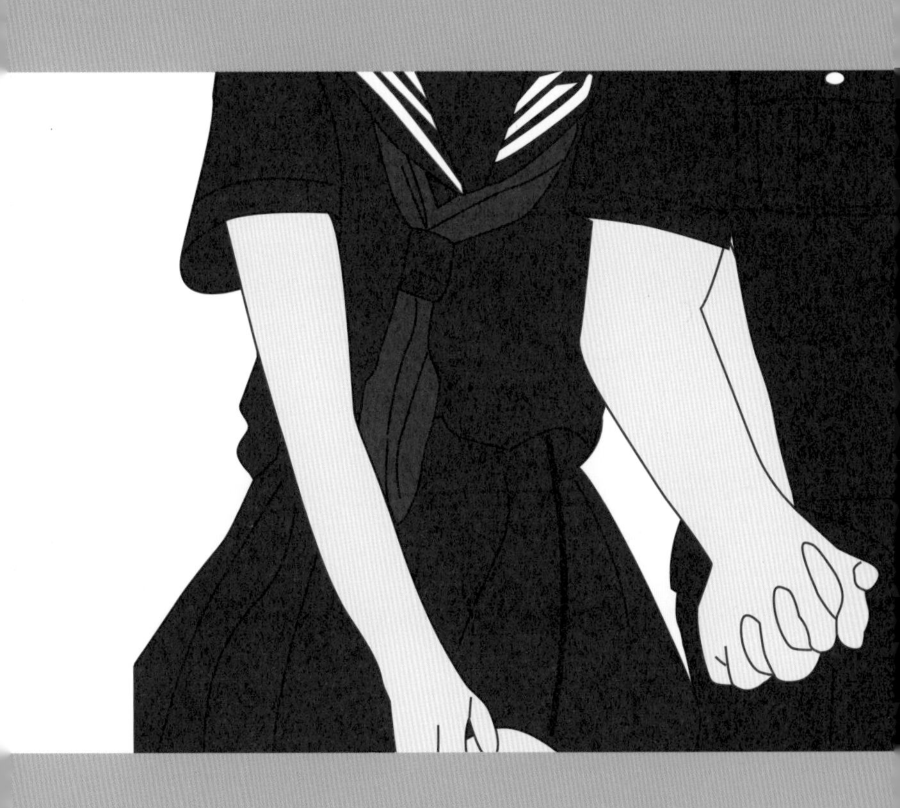

왜 헤어졌을까

"그 사람이 헤어지자고 한 이유를 모르겠어.
그냥 지쳤다라고만 하더라.
그래서 더 답답하고 잊기가 힘들어.
차라리 이유라도 말해줬으면 덜 힘들었을 것 같아."

"사랑을 시작하는 과정과 이별이 시작되는 과정은 비슷해.
누군가를 사랑하는 이유를 딱 한 가지만 말할 수 없듯이
이별의 이유도 마찬가지야.
좋은 이유를 꼽다 못해 '그냥 너라서 좋아'라고 하는 것처럼
관계를 끝내야 하는 이유 역시 '그냥 지쳤어'라고 하는 거야.
하루를 알았다고 사랑할 수 없듯이
하루가 지났다고 잊을 수도 없고 말이야."

지금 만났더라면

"내가 그 사람을 좀 더 늦게 만났더라면 우린 달라졌을까?
그때 난 어리고, 가진 것 없고, 서툴렀어.
이제는 여유도 생겼고 그때보다 훨씬 어른스러워졌는데,
그 사람은 곁에 없어."

"그 사람이 그리운 건,
어리고, 가진 것 없고, 서툴렀지만 그래서 더 예뻤던
그 시절의 네가 그리운 거야.
다시 돌아갈 수 없어서 더 애틋한 거고.
결혼은 운명 같은 상대와 하는 게 아니라,
결혼할 만한 시기에 만나는 사람과 하는 거라고들 해.
뭔가 타협하는 말처럼 들리지만,
결국 지금 곁에 있는 사람을 소중히 여기라는 뜻이라고 생각해.
앞으로 누굴 만나건,
이제는 마음껏 아껴주고 후회 없이 사랑했으면 좋겠다."

전할 수 없는 말

"그 애와 헤어지고

나는 한참을 원망했어.

왜 아무 말도 없이 나를 떠났을까.

결국은 나만큼 마음이 크지 않았던 게 아닐까.

그리고 시간은 흘러,

더 이상 내가 이별한 사람이 아니라

연인이 없는 사람이 되었을 때쯤,

나는 문득 그 애를 이해할 수 있게 됐어.

지나치듯 건넨 말 한마디에 담긴 뜻이 무엇이었는지

그제야 알 것 같았고,

그 애가 했던 행동과 선택의 이유도

가늠하게 되었어.

시간을 되돌려도 우리는 이별했겠지만,

내가 조금 더 성숙했다면

그 애를 원망하면서 보내지 않을 수 있었겠다는

생각이 들어.

고마웠다고, 또 미안했다고 전하고 싶어.
하지만 그 말을 전하지 않는 게,
사랑했던 사람으로서 해줄 수 있는
마지막 일이라는 것도 이제는 알아."

이번엔 골목길에서 태어났다.
쫄쫄 굶어 비쩍 말라도
생선 뼈를 먹을 수 있는
골목길을 벗어날 용기가 나지 않았다.
그 길 밖에 또 다른 세상이 있다는 것을
그때는 몰랐다.

네 번째 삶

다시 한번 용기를 낸다는 것

네 번째 삶

다시 한번 용기를 낸다는 것

일단 해보기

길을 찾아도
그곳을 향해 걷지 않는다면
그것은 더 이상 길이 아니다.

결과

"사람들은 실패한 사람은 기억해주지 않아.
얼마나 노력했건 간에 결과가 가장 중요하지."

"인생은 한 번의 도전과 한 번의 결과로 끝나지 않아.
실패를 정말 실패로 끝낼지,
성공으로 가는 과정으로 만들지는
오직 너에게 달려 있어.
그리고 무엇이 성공이고 무엇이 실패인지
결정할 사람도 오직 너야."

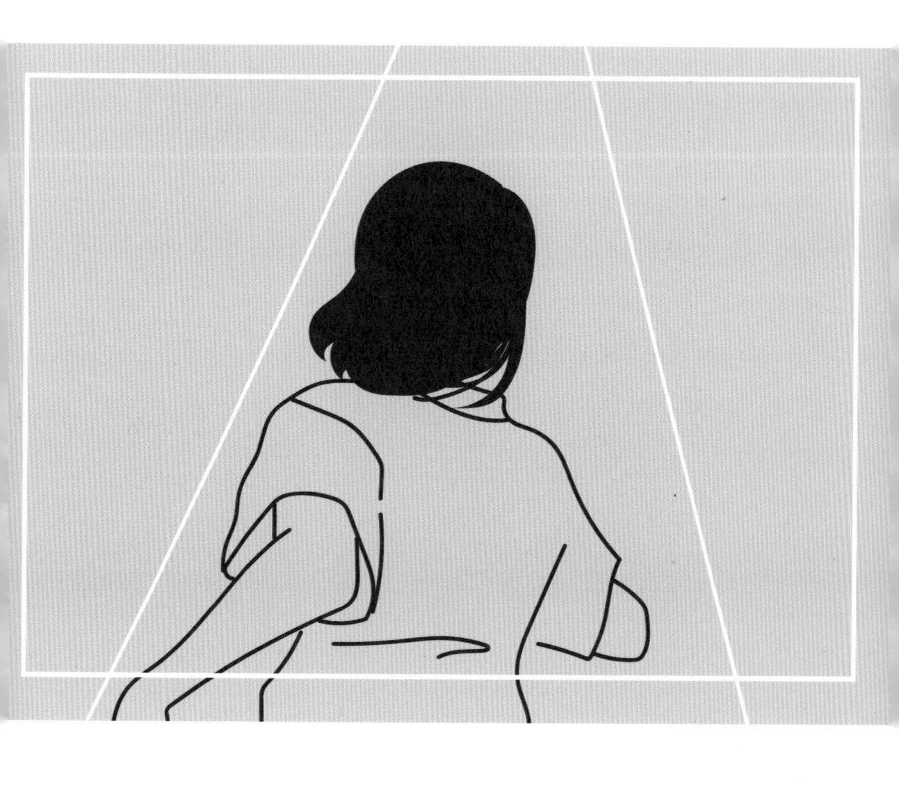

달콤한 인생

"내 인생은 불행하기 짝이 없어.
행복한 사람들이 부러워."

"세상의 모습은 각자가 생각하는 대로 보여.
같은 모습도 아름다워 보이기도 하고 가혹해 보이기도 하지.
꿀이 아주 조금 첨가된 과자에도 '허니'란 말이 붙잖아.
난 네가 그렇게 조금은 뻔뻔하게
네 인생을 '달콤한 인생'이라고 불렀으면 좋겠어."

네 번째 삶

다시 한번 용기를 낸다는 것

포기하는 용기

"5년 동안 해온 일인데, 내 적성에 안 맞는다는 생각이 자꾸 들어.
사람들은 이제까지 쌓아온 경력이 아깝지 않으냐며
딴생각하지 말라고 하지만,
갈수록 다른 길을 찾고 싶다는 생각이 커져가."

"때로는 가진 것을 포기하는 용기가 필요해.
다만, 새로운 일에 도전할 때는
작은 실패에도 원래 하던 일로 돌아가려는 관성을 조심해야 해.
쉽게 핑계를 찾지 않겠다는 각오,
조바심을 내지 않겠다는 각오가 생긴다면
또 다른 시작을 해보는 것도 괜찮아.
너의 용기를 응원해."

항상 실패하는 사람은 없다

"난 글러먹었어. 되는 일이 하나도 없어."

"안 된다고 부정적으로 생각하면
수많은 핑계와 변명이 생기기 시작하지.
그런 생각들이 스스로를 실패로 이끌어.
항상 실패하는 사람은 없어.
부정적인 과거를 곱씹지 말고, 긍정적인 다음을 생각해.
이번엔 안 됐으니 다음에는 될 거라고."

현실을 냉정하게 평가해보라는 말은
허황된 꿈을 꾸는 사람에게만 필요한 말이 아니야.
쉽게 겁먹는 사람도 현실을 똑바로 봐야 해.

잠시 멈춤

너무 힘이 들어 다 포기하고 싶을 때,
어쩌면 자신을 가장 괴롭히는 것은
좀 더 열심히 할 수 있지 않았나,
결국은 노력이 부족했던 것 아닌가,
하는 자책일지도 모른다.
수영을 하려 해도
팔과 다리에 기운이 있을 때 가능한 법이다.
온몸에 힘이 다 빠진 상황에서
물에 빠지지 않을 수 있는 방법은
오히려 아무것도 하지 않는 것이다.
누구나 삶 속에서 헤엄치다 보면
온몸에 힘이 빠지는 순간이 온다.
그러니 멈추어 있다고 자책하지 말길.
충분히 쉬고 나면
다시 힘을 내 헤엄쳐나갈 수 있을 테니까.

삶의 밤과 낮

“내 인생은 너무나도 어두워. 나만 캄캄한 밤이야.
나만 이런 것 같아서 너무 슬프고 힘들어.”

“밤이라면 곧 아침이 오겠지.
누구나 밤은 오고 아침도 와.
어두울수록 작은 빛이 더 잘 보이듯이,
작게나마 가진 희망은
어둠 속에서 네가 길을 잃지 않도록
또렷한 이정표가 되어줄 거야.
그 빛을 따라가며 조금만 더 기다려보자.
곧 해가 뜨고 밤이 물러날 테니.”

그럼에도 불구하고

기회는 언제 올지 모르고,

희망은 구석구석 숨어 있다.

실패할 이유는 많지만

우리는 그 이유들을 넘어서며

살아갈 수 있다.

'그렇기 때문에'라며 낙담하지 말고,

'그럼에도 불구하고' 희망을 놓지 말 것.

진흙

진흙도 구우면 도자기가 되듯
우리도 시련과 고난 속에서
단단하고 멋진 존재가 될 거야.

너무 무거워

잘 견디다가도 어느 날 갑자기 무너질 때가 있어.
그것도 아주 사소한 것에.
이미 무거운 짐을 짊어지고 있으면,
그 위에 내려앉은 깃털 하나가
사람을 무너지게도 하는 거야.
그렇지만 그거 아니?
사람이 다시 일어서는 것도 비슷해.
아주 사소한 일이 하나 풀리면,
뭐든 잘될 것 같고
뭐든 해볼 용기가 나지.
지금 무너져 있다면 좀 기다려보자.
곧 아주 사소한 것이 널 일으켜줄 거야.

태어날 때부터 눈이 보이지 않았다.
사냥도 하지 못하는 내가 한심했다.
그러다 한 소녀를 만났고,
소녀는 나를 만나 기쁘다고 말했다.
내가 누군가에게 기쁨을
줄 수도 있는 존재라는 걸 알게 되자,
사냥도 삶도 다시 시작할 수 있었다.

다섯번째 삶

오늘부터 나는 나를 믿는다

흔들리지 마

"나는 자존감이 너무 낮아서 사회생활도, 연애도 순탄치 못해.
남의 시선에 전전긍긍하고, 열등감에 찌들어 불행하고 우울해.
낮은 자존감을 어떻게 해야 할까."

"자존감을 키우는 일이 쉽지는 않아.
하지만 이것만은 꼭 기억해.
타인과 나를 비교하지 말 것.
타인으로 인해 흔들리지 말 것.
내게 주어진 상황을 있는 그대로 볼 것.
내 선택을 믿어줄 것.
나는 나임을 명심할 것."

그냥, 그렇게 나답게 살 것.

특별하지 않아도 돼

"난 잘하는 게 하나도 없는 것 같아.

이래서야 내가 뭘 할 수 있을까."

"세상에 남보다 무언가를 잘한다고

말할 수 있는 사람이 얼마나 될까.

우리는 특출하고 기발한 사람의 성공 스토리에 너무 익숙해.

그래서 책임감을 갖고 끈기 있게 자기 일을 해나가는 사람들마저

괜히 자신의 능력을 자책하는 안타까운 상황이 벌어지곤 해.

얼마나 많은 사람이 너와 같은 생각을 하는지 알면 깜짝 놀랄걸.

특별한 사람이 아니어도 괜찮아.

재능은 좀 더 좋은 운동화를 신고 달리는 것과 같아.

문제는 누가 끝까지 달리는가가 아닐까."

네 말을 들어

너를 움직일 수 있는 건 네 자신이야.
절망에 빠져 모든 것을 포기하는 것도 너고
다시 행동하고 희망을 가지게 하는 것도 너야.

아무리 가까운 사람일지라도 너만큼 너를 알지 못해.
우리가 다른 사람의 조언에 귀를 기울여야 하는 건,
그 사람의 조언을 스스로 어떻게 받아들이는지를 보면
정말 원하는 게 무엇인지 알 수 있기 때문이야.
하지만 모든 결정은 네가 하는 거야.

그러니, 어려울수록 네 마음에 귀를 기울여.

거기에 답이 있어.

다섯 번째 삶

오늘부터 나는 나를 믿는다

별

"내 삶은 언제쯤 빛날 수 있을까?
나 빼고 다 빛나는 것 같아."

"밤하늘을 바라보면 처음엔 달밖에 보이지 않아.
그러다 별 몇 개가 눈에 들어오고
또 계속 바라보고 있으면
생각보다 많은 별이 반짝이고 있는 게 보이지.
우리 모두 그 별들과 같아.

너는 너의 빛을 몰라도
누군가는 볼 수 있어.
너도 누군가에겐 빛나고 있을 거야."

욕심

"뭘 해야 할지 모르겠어.
하고 싶은 일을 하고 싶고, 돈도 많이 벌고 싶고,
너무 바쁘지 않고 여유롭게 살고 싶어.
모두 가능한 방법이 없을까? 내 욕심이 너무 많은 걸까?"

"누구나 원하는 일을 하고 싶고,
그 일을 통해 풍족하게 즐기며 살고 싶어 해.
하지만 그러기가 쉽지는 않지.
이때 필요한 건,
네가 최우선으로 생각하는 게 무엇인지를 따져보는 거야.
그러면 나머지 욕심들이 너를 덜 괴롭혀."

모든 걸 다 이룰 순 없다는 걸 받아들이고
하나를 선택할 때,
그 하나를 더욱 값지게 만들 수 있어.

내가 한심하게 느껴질 때

"어떤 일이든 빨리빨리 추진하질 못해.
마음먹는 데까지만 해도 남들보다 훨씬 오래 걸리고.
시간을 허비하는 것 같아서
내 자신이 너무 한심해서 견딜 수 없어."

"뭐야, 너 대단하잖아?
사람은 남에게는 엄격하지만
자신의 단점이나 잘못은 관대하게 생각해.
정말 한심하게 살아가는데도
자신이 한심한 줄도 모르는 사람이 얼마나 많은데.
넌 자신을 채찍질할 줄 아는 대단한 사람이야."

달의 뒷면

달의 뒷면을 볼 수 없듯이

우리가 다른 사람의 모든 것을 알 수는 없어.

좋아 보인다고 다 좋은 게 아니고,

나빠 보인다고 다 나쁜 게 아니야.

그러니까 남과 비교하지 말고,

남과 비교해 좌절하지 마.

어른의 삶

"어릴 때는 빨리 크고 싶었는데
이젠 아무 걱정 없던 시절로 돌아가고 싶어.
어른으로 사는 건 왜 이렇게 힘들까."

"맞아. 어릴 적 생각했던 어른은
세상에 존재하지 않는다는 것을 깨닫는 순간,
그제야 어른이 되는 것인지도 몰라.
도망치고 싶고 두 손 들고 못 하겠다 외치고 싶겠지.
어쩌면 어른으로서 할 수 있는 최선의 일이
도망치지 않는 자신만의 방법을 찾는 것 아닐까.
그 정도면 난 충분히 어른스럽다고 생각해."

검은 고양이로 태어나 미움을 받았다.
재수가 없는 고양이라면서.
처음엔 상처를 받았지만,
이내 알게 되었다.
검은 털에도 아랑곳하지 않는 사람도 있는가 하면
오히려 좋아하는 사람도 있다는 것을.
좋은 인연들은 드물어도 언제나 나타났다.

여섯번째 삶

좋은 사람에게만 좋은 사람

농담

"나는 그냥 농담한 건데, 그 사람은 상처받은 표정으로
다시는 나를 보고 싶지 않다고 하더라. 너무 예민한 거 아냐?"

"상대가 농담으로 받아들이지 않는다면
그건 더 이상 농담이 아니라 무례한 거야.
말은 늘 신중해야 해.
각자 살아온 삶이 다르고 기준이 다르니까
내게는 아무렇지 않은 일이 누군가에겐 큰일일 수도 있어.
살면서 누구나 말실수를 해. 사과하고 고치면 돼.

하지만 만약 네가 누군가에게 '농담인데, 왜 그래'라는
말을 자주 한다면,
그건 상대방이 예민한 게 아닐 거야."

바뀌는 것과 흔들리는 것

바뀌는 것과 흔들리는 것은 다르다.
다른 사람으로 인해 삶이 바뀔 수는 있지만
관계에 얽매여 삶이 흔들려서는 안 된다.

인간관계에 실망한 당신에게

"사람과의 관계가 너무 어려워.
내가 한 말을 다른 데 가서 아무렇지 않게 자기 좋을 대로 말하고,
나한테 와서 답하기 곤란한 질문을 또 아무렇지 않게 해.
나만 이상한 사람이 될 때가 한두 번이 아니야."

"고양이는 배변을 하면 무조건 모래로 덮고 냄새를 숨기지.
그리고 그 장소에서 멀리 달아나. 적에게 노출되지 않기 위해서야.
너를 전부 다 보여주지 말고, 아는 것을 다 말하지 마.
마찬가지로 상대가 보여준 것이 전부라고 믿지 마.
세상에는 좋은 사람만 있는 것도 아니고,
좋은 사람이라고 항상 좋을 수 있는 것도 아니니,
야생의 습성을 간직한 고양이처럼 경계하는 마음을 잊지 마."

나쁜 사람

"그 사람은 왜 나한테 그렇게 못되게 구는 걸까.
원래 인성이 그런 건지,
내가 아무리 참고 노력을 해도 바뀌지가 않아."

"모든 사람에게 좋은 사람은 없어.
단순히 성격이 맞지 않아서
서로에게 나쁜 사람으로 기억되기도 하지.
어쩌면 그저 너에게 좋은 사람이 될 필요성을
느끼지 못했을 수도 있어.
만약 그렇게 사람을 가려가며 행동하고,
그 기준이 돈이나 명성, 지위 따위의 것이라면
너도 굳이 그에게 좋은 사람일 필요는 없어.
그 사람이야말로 네 주변에서 가려내야 할 부류의 사람이니까."

하나 빼고는 괜찮아

"혹시 그런 거 알아?
만나면 기분이 나빠져서 다신 만나지 말아야지 해놓고
또 만나고 후회하는 거.
말을 너무 함부로 해서 늘 상처를 받는데,
그거 하나만 빼면 괜찮은 사람이라
만나고 후회하고 늘 반복이야."

"'그것만 빼면 괜찮다'라는 건
괜찮지 않다는 말이나 마찬가지 아닐까?
사람은 모두 단점이 있지만,
그 단점을 되뇌며
애써 장점을 떠올리게 만드는 사람은 별로 없어.
좋은 사람이라면 너를 이렇게 고민하게 만들지 않아."

좋은 것 아홉 개와 싫은 것 하나의 무게는 다르다.
하나가 전체가 되어버릴 수도 있다.

배신감

"어떻게 나를 배신할 수가 있지?
너무 화가 나서 뜬눈으로 밤을 지새우기 일쑤야.
그 사람은 아무렇지 않게 지내는 걸 보고 있으면 더 화가 나.
앞으로 누군가를 믿기조차 두려워."

"누군가의 배신에 상처를 받더라도
계속 곱씹으며 힘들어하지 말았으면 해.
그 사람은 아무렇지 않을 거야.
아무렇지 않으니 그렇게 행동한 거고.
그게 더 화나고 억울하지만
그냥 '그래 잘 살아라' 하고 말아.
더 마음 쓸 가치가 없어.
생각 없는 사람의 행동에 스스로의 마음을 괴롭히지 마."

사람에 속고 실망하는 일은
진정한 내 사람을 솎아내는 과정이다.
사람은 당신을 실망시키지만
실망한 당신을 위로하는 것도 사람이다.

나 혼자 남는 건 아닐까

"나이가 들수록 만나는 사람이 적어져.
왜 저렇게 변했나 싶어 안 만나게 되기도 하고,
사는 게 바빠 그냥 소원해지기도 하고.
이러다 주변에 사람이 하나도 안 남는 거 아닐까?"

"나이가 들수록 하는 일과 관심사가 달라지다 보니
인간관계도 서서히 변하게 되지.
거기에 너무 의미를 둘 필요는 없어.
네가 노력해도 떠날 사람은 떠나고 남을 사람은 남아.
그리고 새롭게 네 곁에 남는 사람도 생길 거야.
남은 사람들과 행복하게 지내.
그저 언제든 누군가 네 곁에 돌아온다면
두 팔 벌려 환영해줄 마음만 간직하면 돼."

팔짱을 낀 사람

팔짱을 낀 채 살아가는 사람이 있다.
필요할 때만 손을 내밀고,
다른 사람이 손을 내밀 때는
잡아주지 않는 사람이.

마음 독하게 먹고,
절대 그 손을 잡아주지 마.

실수를 만회하는 방법

"예전에 내가 실수를 해서 한 친구와 서먹해졌어.
차라리 화를 내면 좋았을 텐데,
그냥 나와 멀어지기로 마음을 먹은 것 같더라고.
한참 지나 누군가 내게 똑같은 실수를 하고 나서야
그 친구가 얼마나 상처받았을지 알게 됐어.
지금에 와서 사과할 수도 없고 마음이 너무 안 좋아."

"경험하지 못하면 알 수 없는 것들이 있어.
이제 그 친구의 마음을 이해했다는 것은
그만큼 네가 성숙해졌다는 뜻이겠지.
겁내지 말고 사과를 해보는 건 어떨까.
마음을 표현할 수 있는 한
되돌릴 수 있는 관계도 많아.
미안하다는 말 한마디가
생각보다 많은 걸 해결해주기도 해.
누군가와의 관계를 쉽게 포기하지 마."

케이크 위의 체리

장점만 가지고 있는 사람은 없다.
케이크 위의 체리만 빼 먹는 것처럼
장점만 보고 다가오고
장점만 취하려는 사람에게는
거부감만 느낄 뿐이다.
다른 사람의 단점을 이해하고,
때로는 모르는 척하며
곁에 있어줄 때,
믿음이 생기고 관계가 깊어진다.

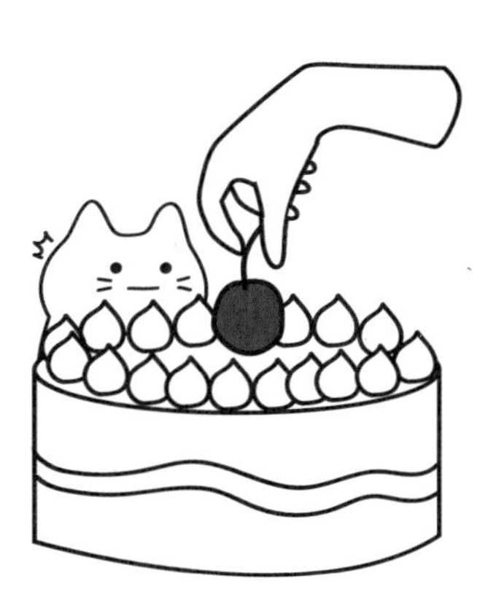

나라면 어땠을까

"너무 소심한 성격이 고민이야.
말을 하고 나면 혹시 오해하지 않을까 며칠을 끙끙 앓고,
항상 최악의 경우만 머릿속에 떠올라."

"남이 나에게 작은 잘못만 해도 발끈하고
마음에 담아두는 사람과
내가 남에게 작은 잘못도 하지 않으려고
마음 쓰는 사람을
똑같이 소심하다고 표현하는 건 좀 억울할 것 같아.
너무 자신을 부정적으로 생각하지 마.
남한테 실수를 했을까 봐 걱정이 될 때는
'나라면 이 경우에 어땠을까'를 생각해봐.
무심코 넘겼을 일이 대부분일걸.
네가 남을 허용해주는 만큼은
남에게 허용을 기대해도 되지 않을까?"

모든 일에는 이유가 있다

"어느 날 갑자기 멀어진 사람이 있어.
멀어졌다는 생각도 못 했는데, 날 피하고 있었더라고.
왜냐고 묻고 싶지만 무슨 말을 듣게 될지 몰라 연락도 못 하겠어.
서운하기도 하고."

"가끔은 누군가 내 존재를 소홀히 여기거나
잊어버릴 수 있다는 것을 받아들여야 해.
사는 게 바쁘고 지치면 사람들을 멀리 하게 돼.
다 이유가 있으려니 하고 상처받지 마.
만약 지금 네가 섣불리 그 사람에게 이유를 추궁하면
그 사람은 영영 너를 피할 수밖에 없어.
지금은 멀리 네 자리에서 네가 잘 지내주는 게
그 사람을 위해 해줄 수 있는 최선일 거야."

함께 살아가기

"나는 부족한 사람이야. 아무리 노력해도 부족해.
다른 사람처럼 잘 해내고 싶은데 늘 안 돼."

"완벽한 사람은 없어.
그래서 관계가 형성되는 거야.
서로 부족한 점을 채워줄 수 있으니까.
서로가 서로에게 결핍된 것들을 채워주며 살아가는 거야."

멀리서 비교하기보다는 가까이에서 손 내미는 사람이 되길.

내내 길을 떠돌며 살았다.
기댈 곳 없이 홀로 살아남아야 하는
삶은 서글펐지만,
오늘 하나의 시련을 이겨내면
내일은 삶이 좀 더 수월해졌다.
나는 혼자였으나 약하지 않았다.

일곱 번째 삶

때로는 상처가 힘이 된다

소유욕

"나는 말이야, 다 가지고 싶었어.
명예도 돈도, 사랑도, 인기도 전부.
다 가지고 싶었어.
하지만 돈을 얻으면 명예를 잃었고,
명예를 얻으면 사랑을 잃었고,
인기를 얻으면 돈을 잃었지. 허무해."

"일단 소유하게 되면 소홀해지기 마련이야.
그렇게 소중한 것을 잃는 줄도 모르는 채
또 다른 것을 소유하려고 애를 쓰지.
더 가지려 욕심내지 말고
이미 가진 것에 감사하고 잃지 않으려 노력해보는 건 어떨까?
그토록 가지고 싶어했던 것들을 지켜내는 거야."

인정하는 용기

"잘할 거라고, 용기 내서 해보라고 하지만, 난 자신이 없어.
그저 해야 하니까 하는 거지."

"괜찮아. 용기 내서 말해. 난 자신이 없다고.
인정하는 것 또한 용기야.
못한다는 말은 전혀 부끄러운 게 아니야.
애매모호한 태도로 일을 추진하다가 잘못되면,
다시 도전하기는 더 어려워져."

도전은 너의 싸움이야, 다른 사람 눈치를 볼 필요 없어.

하기 싫으면 하지 않아도 돼.

남의 기대와 요구에 떠밀려

준비도 안 된 채 시작하면 더 힘들 뿐이야.

부러워

"내 친구는 멋지고 능력도 좋고 운도 좋아.
항상 옆에 있으면 위축되는 느낌이고
열등감을 느끼게 되어서 괜히 미워지기까지 해."

"삼백을 버는 사람은 오백을 버는 사람이 부럽고,
오백을 버는 사람은 천을 버는 사람이 부러울 거야.
부러움은 끝이 없고 상대적이어서,
모든 것을 가진 것처럼 보이는 사람조차
열등감에 시달리기도 해.

모두 저마다의 결핍과 싸우고 있어.

누구나 다 느끼는 감정이니 부럽고 질투가 난다고

네 스스로를 의심하거나 위축되지는 마.

부러움을 원동력 삼아 나아가되

너 자신과 타인에 대한 증오가 되지 않도록 조심하길."

왜 나를 사랑할까

"그 사람은 나를 왜 사랑해주는 걸까.
기쁘면서도 돌아설 때마다 불안해.
내 진짜 모습을 알면 실망하지 않을까,
난 그렇게 좋은 사람이 아닌데."

"나는 내 짧은 꼬리를 들키고 싶지 않았어.
정작 아무도 신경 안 쓰는 데 말이야.
자신에게는 크게 느껴지는 단점도
다른 사람 눈에는 대수롭지 않을 때가 많아.
어떨 때는 그런 단점이 오히려 다른 사람에게
'나만 부족한 게 아니구나' 하며 안도감을 주기도 하지.
의심하지 말고 그냥 기쁘게 받아들여도 돼.
상대가 최선을 다해도 내가 받아들이지 못하면 소용이 없어."

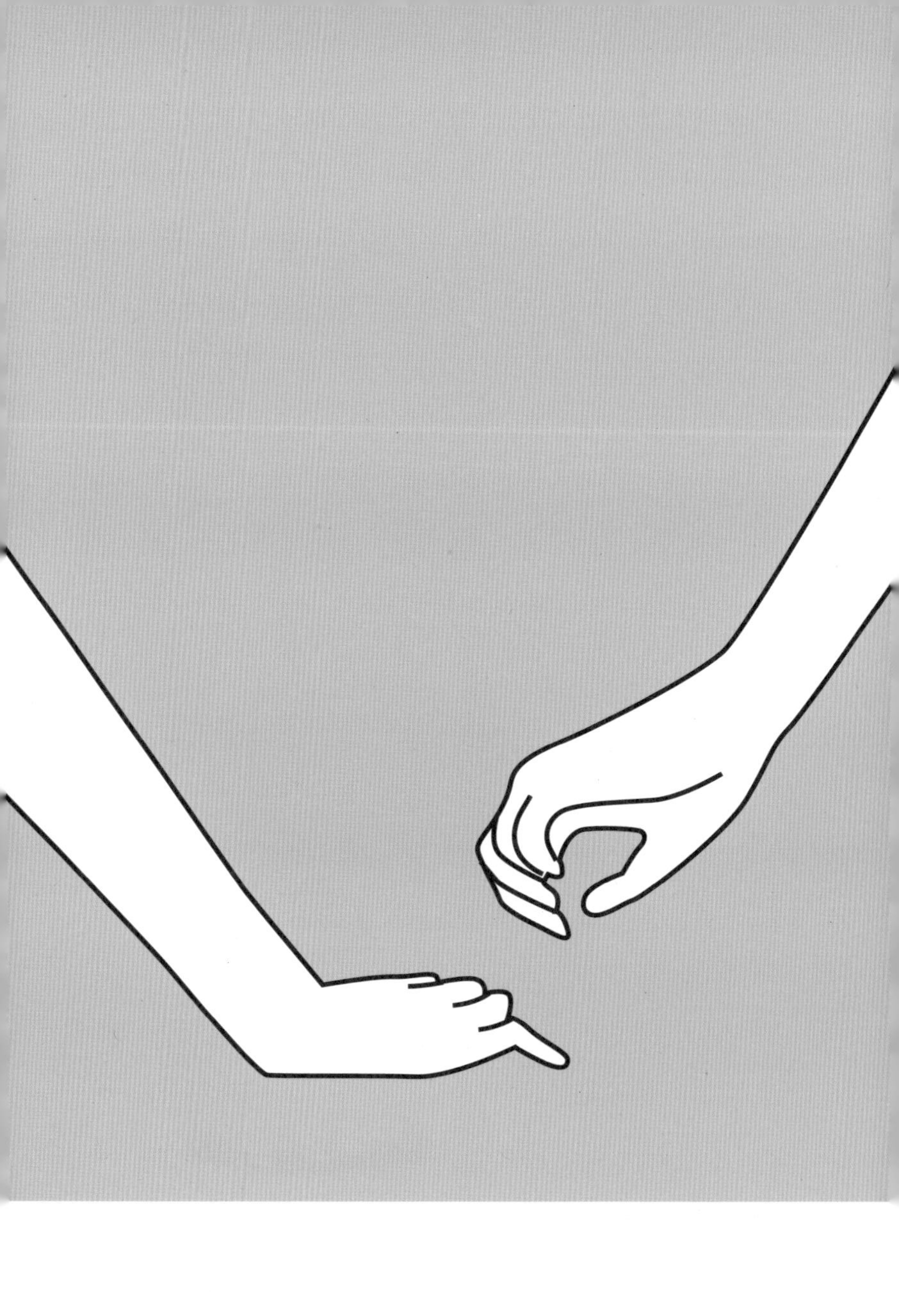

상처를 다스리는 법

"너무 쉽게 상처를 받는 성격이 괴로워.
어떻게 하면 상처를 받지 않을 수 있을까?"

"사람마다 상처를 다스리는 방법은 달라.

그리고 그 방법은 상처를 겪으면서 터득하게 되지.

어떤 사람은 상처를 받으면 해야 할 일을 전혀 못 하기도 해.

억지로 해보려다가 안 되는 걸 깨닫고,

그다음부터는 잠시 쉬어가기로 마음을 먹어.

또 어떤 사람은 몇 번 상처를 받고 나서야

자신이 필요 이상으로 상처를 받는다는 걸 알게 돼.

그 사람은 주변 사람들에게 객관적인 상황을 듣는 것으로

자신의 상처를 달래지.

너도 너만의 방법을 찾게 될 거야.

어쩌면 살아간다는 건 '나 사용법'을 익히는 과정이 아닐까?"

그냥 오는 운은 없다

"나는 왜 이렇게 운이 없을까. 운이 좋은 사람들이 부러워."

"예전에 만난 고등학생이 알려줬는데,
시험에서 마지막에 답을 고치면
틀린다고들 하지만,
실제로는 맞을 확률이 더 높대.
그런데 고쳐서 맞았을 때보다 고쳐서 틀렸을 때가
기억에 더 많이 남기 때문에 고치면 틀린다고 생각한다는 거야.
어쩌면 너도 수많은 좋은 일들은 사소하게 생각하고
나쁜 일들만 더 크게 기억하는 것일지도 몰라.

그냥 오는 운은 없어.

노력의 보상이 작을 수는 있어도,

노력 없이 오는 보상은 없어."

내가 더 많이 사랑해줄게

"그 사람은 나를 많이 사랑하지 않는 것 같아.
연락도 자주 하지 않고, 약속을 먼저 정하지도 않아."

"사람들한테는 연애 체크리스트 같은 게 있나 봐.
연락을 자주 하지 않으면 사랑하는 게 아니다,
사랑을 하면 만나고 싶어서 약속을 먼저 잡기 마련이다,
이렇게 말이야.
그런 의구심은 사랑이 아니라
자존심에서 시작될 때가 많지 않을까.
그 사람이 널 사랑할 때만 유지되는 마음이 아니라면,
일단 상대를 마음껏 사랑해줘.
상대의 마음은 네가 사랑을 퍼부을 때
가장 잘 알 수 있어."

좋은 사람이 된다는 것

나와 남에게
똑같은 기준을 적용하는 것.
다른 사람에게만 엄격해지거나
다른 사람이 더 너그럽기를
바라지 않는 것.
내가 듣기 싫은 말은 남에게 하지 않고
내가 듣고 싶은 말을 남에게 아끼지 않는 것.

여덟 번째 생이 다해갈 무렵에도,
나는 여전히 많은 것을 꿈꾸었다.
좋은 친구로,
위로가 되는 고양이로 살고 싶었다.
누군가 다시 내 턱을 긁어주길 바랐다.
다시 태어난다면,
내가 원하는 더 많은 행복을
찾아낼 것이라 다짐했다.

여덟 번째 삶

행복하고 싶은 만큼 행복할래

불행은 이미 지났다

"살아가는 게 겁나. 내게 좋은 일 따윈 없어."

"내일은? 내일은 어떤 일이 생기는데?"

"몰라, 당장 오늘 일도 모르는데 내일을 어떻게 알겠어."

"불행을 인지하는 순간, 이미 그 불행을 지나쳐 온 거야.
행복은 앞으로 오고 있는 거고.
내일, 아니면 모레, 언젠가는 말이지.
좋지 않은 일이 있었다고 삶 전체를 불행하다 여기지 마.
지나간 일들로 인해
앞으로의 시간을 기대조차 하지 못하는 건 너무 억울하잖아."

행복은 순서를 기다릴 뿐이다.
어떠한 고난과 시련이 오더라도
지나간 후에 떠올리면
불행은 찰나일 뿐이며
행복은 더 길다.

갖지 못한 한 가지

넌 좋은 것을 많이 가지고 있어.
갖지 못한 한 가지 때문에 불행해지지 마.

가지고 있는 것들을 당연하게 여기면
더 큰 것을 바라게 돼.
불행은 그때 찾아오는 법이야.

행복이 절실할 때

우리는 언제 행복해지고 싶을까?
온갖 시련과 실패를 겪고 목표마저 잃고
더 이상 무언가를 시작할 용기가 남아 있지 않을 때,
정말 마지막이라는 생각이 들 때일 거야.

그러니, 누군가 행복해지고 싶다고 얘길 한다면
가만히 토닥여주길 바라.
그 어떤 말보다 더 괴로움이 담긴 말이니까.

연애가 불행한 이유

"연애를 하기 전보다 하고 있는 지금이
더 우울하고 불행해.
연애를 시작하면서 그 사람 행동 하나, 말 하나에도
내 삶이 크게 흔들리기 시작했어."

"네 삶을 전부 그 사람에게 쏟으며 살고 있어서 그래.
너는 그 사람을 위해 전부 바칠 수 있지만
그 사람은 아닐 수 있다는 것,
그거 하나로도 상처받게 될 거야.
더 기대하고 더 서운해지고 더 비참해질 거야.
누군가와 행복하려면 먼저 너 자신에게 집중해야 해."

사랑은 네 등 뒤에도 있어

누군가를 만나서 사랑하고 이별하며 우린 많은 것을 배워.

그래서 다음 인연에게는 더 좋은 사람이 될 수가 있지.

하지만 사랑은 네 등 뒤에도 있어.

가족이라는 이름의 이 사랑은

한 번밖에 기회를 주지 않으면서도

언제나 늘 기회가 있을 것처럼 널 속이지.

언제고 뒤만 돌아보면 될 것 같지만,

막상 돌아봤을 때는 사라지고 없어.

그러니 속지 말길.

항상 뒤를 돌아보며 거기 있는 가족에게

사랑을 더없이 많이 표현하길.

좋은 사람

"나도 이제 진짜 좋은 사람 만나고 싶다."

"너를 좋아하는 사람이 좋은 사람이야.
너를 좋아하는 마음으로 너에게 좋은 사람이 되기 위해 노력하니까."

누군가를 좋아하고 사랑할 때
우리는 그 사람이 좋아하는 것이 무엇이고
싫어하는 것이 무엇인지 기억하려고 한다.
해주고 또 해주어도 해주고 싶은 게 많아진다.
상대방도 마찬가지다.
그렇게 서로를 노력하게 만드는 인연이
좋은 인연이다.

행복은 알아채는 것

"아침에 일어나 창문 밖으로
지붕 위에 누워 햇볕을 쬐고 있는
고양이를 볼 때 마음이 따뜻해져.
타야 할 버스가 다가오는데
정류장으로 가는 건널목에 파란불이 켜지면
아이같이 웃으면서 뛰어가게 돼.
처음 가본 카페의 커피가 내 취향인데
음악까지 딱 마음에 드는 걸 틀어주면
오늘 하루 일이 잘될 것 같아."

"넌 행복을 많이 찾아냈구나.
누군가는 그저 흘려보낼 수도 있는 일들인데.
당연한 것들을 당연하게 여기지 않는 것도
행복해지는 비결이지."

행복은 찾아오는 것이 아니라
발견하는 거래.
소소한 기쁨들을 기억하는 습관을 들이면
행복은 어느새 네 곁에 있을 거야.

계속 나아가기

후회하지 말고, 뒤돌아보지 말고
지나간 어제에 미련을 두지 말고
내일을 향해 걸어봐.
어제의 일이 좋았다면 추억이고
나빴다면 경험이 될 거야.

다시 피어날 수 있어

들꽃을 본 적이 있니.
작고 여려 봄이 끝나면
그대로 사라져버릴 것 같지만,
다음 봄이 오면 그 자리에
또 같은 꽃이 핀단다.
지금의 노력이 답을 얻지 못하고
삶이 힘들다고 해서
너무 절망하지 않았으면 해.
언제고 너도 다시 필 거야.
그저 지금이 봄이 아닐 뿐이야.

제일 잘해주어야 할 사람

어떤 기분으로 하루를 시작했는지.

혹시 아까 들은 말에 마음이 상하지는 않았는지.

점심은 잘 챙겨 먹는지.

어떤 일에 가장 기뻐하고,

어떤 일에 가장 슬퍼하는지.

누굴 좋아하고 왜 좋아하는지.

누굴 질투하고 왜 질투하는지.

그렇게 늘

네 스스로의 마음을 살펴줘.

인생에서 가장 잘해주어야 할 사람은 너야.

에필로그

아홉 번째 사는 고양이

불안정한 길을 걸으며
삶이 버겁게 느껴지고
아무것도 하기 싫었던 때가 있었다.

하루는 우리 집 하얀 고양이가
캣타워에 뛰어오르다 우당탕 미끄러져
그대로 떨어졌다.
그래놓고는 아무 일도 없었다는 듯이
도도하게 앉아 앞발을 핥았다.

녀석으로 말할 것 같으면
목표는 원대하다.
아침마다 창문 밖에서 시끄럽게 울어대는 새를
잡겠다고 우다다다 뛰어다닌다.

실제로는 아주 가끔 벌레 정도밖에 잡을 일이 없으면서도,
하루도 빠짐없이 발톱을 날카롭게 다듬는다.

늘 실수와 실패를 반복하면서도
계속되는 사뭇 진지한 그 몸짓 끝에는
당당하게 한껏 늘어져
고롱고롱 소리를 내며 식빵이 된다.

그날,
빵빵하고 동그랗게 보이는
고양이 엉덩이가 내게 말하는 듯했다.

"실패를 두려워하지 마.
단순하게 생각해.
실패하면 또 하면 되고,
안 되면 마는 거지 뭐."

'고양이는 목숨이 아홉 개라더니,
아는 것도 많네.'

거기서 이 책이 시작되었다.
아홉 번의 생을 산,
사연 많고 그만큼 사람들의 말을
잘 들어주는 고양이 상담사의 이야기가.

나와 내 고양이가 나눈 대화들,
다른 사람들이 그들의 고양이,
혹은 어느 지붕 위에 앉은 이름 모를 고양이들과
나눴을 법한 대화들을
전할 수 있어 행복했다.

— 을냥이

이유가 많으니 그냥이라고 할 수밖에

초판 1쇄 발행 2020년 4월 23일
초판 25쇄 발행 2023년 12월 21일

지은이 을냥이

편집인 이기웅
책임편집 이경란
편집 안희주, 주소림, 양수인, 김혜영, 한의진, 이원지, 오윤나, 이현지
디자인 MALLYBOOK 최윤선, 오미인, 조여름
책임마케팅 김서연, 김예진, 김지원, 박시온, 류지현, 김소희, 김찬빈, 배성원
마케팅 유인철
경영지원 박혜정, 최성민
제작 제이오

펴낸이 유귀선
펴낸곳 ㈜바이포엠 스튜디오
출판등록 제2020-000145호(2020년 6월 10일)
주소 서울시 강남구 테헤란로 332, 에이치제이타워 20층
이메일 odr@studioodr.com

ISBN 979-11-970230-0-2 (03810)

스튜디오오드리는 (주)바이포엠 스튜디오의 출판브랜드입니다.